AF364021

SUCCESSION

DE

MADAME LA COMTESSE BOBRINSKOY Y LIZARDI

BEAUX BIJOUX

ARGENTERIE

CATALOGUE

DES

BEAUX BIJOUX

Rivière de 34 Brillants, Diadème en brillants

COLLIER EN BRILLANTS ET ÉMERAUDES

BOUTONS EN BRILLANTS

ÉPINGLES DE CRAVATES PERLES FINES

Bijoux, Pierres sur papier

ARGENTERIE

OBJETS VARIÉS

DÉPENDANT DE LA SUCCESSION

DE

Madame la Comtesse BOBRINSKOY
Y LIZARDI

ET DONT LA VENTE AUX ENCHÈRES PUBLIQUES, *après décès*, AURA LIEU

A la requête de M. PELEGRIN, Administrateur judiciaire

HOTEL DROUOT, SALLE N° 6
LE MARDI 10 MARS 1914

à deux heures

COMMISSAIRES-PRISEURS

Mᵉ F. LAIR-DUBREUIL	Mᵉ MARCEL WALTER
6, rue Favart	8, rue Favart

ASSISTÉS DE :

M. A. REINACH	M. G. FALKENBERG
EXPERT PRÈS LA COUR D'APPEL	EXPERT PRÈS LE TRIBUNAL CIVIL
17, rue Drouot	6, rue Lafayette

EXPOSITION PUBLIQUE

Les Dimanche 8 Mars et Lundi 9 Mars 1914, de 2 h. à 6 h.

CONDITIONS DE LA VENTE

Elle sera faite au comptant.

Les adjudicataires paieront *dix pour cent* en sus des enchères.

Paris. — Imp. de l'Art, Cʜ. Bᴇʀɢᴇʀ, 41, rue de la Victoire

DÉSIGNATION

BIJOUX

PIERRES SUR PAPIER

1 — Rivière composée de trente-quatre brillants.

2 — Diadème formé d'entrelacs de brillants et de roses que surmontent cinq gros brillants.

3 — Collier formé de fleurettes en brillants séparées par cinq appliques d'émeraudes entourées de brillants d'où tombent des pampilles en brillants et en roses ; au fermoir, une poire brillant.

4 — Collier formé d'un fil d'or terminé par deux têtes de serpents d'où pendent deux turquoises en forme de poire entourées de brillants.

5 — Six brillants montés dans des chatons.

6 — Saphir ; poids : 86 carats environ.

7 — Saphir ; poids : 9,15 carats environ.

8 — Bourse en or, fermoir émaillé enrichi de deux rubis.

9 — Bracelet forçat quatre appliques, portant une inscription russe en roses.

10 — Épingle de cravate, perle mordorée.

11 — Épingle de cravate, perle blanche.

12 — Épingle de cravate, grosse perle d'Orient.

13 — Épingle de cravate, perle noire.

14 — Épingle de cravate fer à cheval, brillants.

15 — Épingle de cravate, topaze rose entourée de roses.

16 — Épingle de cravate, brillants et roses.

17 — Montre de dame en or avec chiffre roses, rubis et émeraudes.

18 — Broche formée de deux *L* surmontés d'une couronne de comte sertie de roses.

19 — Broche en or constituée par une couronne de comte enrichie de roses, de rubis et d'émeraudes.

20 — Paire de boutons d'oreilles formés de deux perles boutons entourées de roses.

21 — Paire de boutons de manchettes formés de turquoises montées sur or.

22 — Six boutons de gilet en argent, nacre, perles grises.

23 — Paire de boutons de manchettes en améthystes et argent.

24 — Broche-barrette en or, portant au centre un cristal où est incrustée une couronne de comte enrichie de pierres.

25 — Bague en or ciselé, portant une topaze gravée.

26 — Monture de bague, forme cœur, ornée de petits rubis.

27 — Deux fixe-cravates en or.

28 — Monture de bague en or et platine avec deux brillants.

29 — Deux épingles à chapeaux, boules en écaille blonde.

30 — Un bouton et une breloque, topaze jaune sertie en or.

31 — Lot comprenant : huit rubis (0,88); vingt-trois brillants (1,32); quatre-vingt-dix-sept roses (0,45).

32 — Quatre topazes roses et une turquoise.

33 — Bonbonnière cristal, monture en or.

34 — Clef de coffret en or.

ARGENTERIE

OBJETS VARIÉS

35 — Médaille en vermeil.

36 — Petite bonbonnière ronde en vermeil.

37 — Bonbonnière ovale en argent.

38 — Deux miroirs à main en argent.

39 — Deux vaporisateurs et un flacon en cristal ; bouchons en argent.

40 — Boîte en argent martelé anglais ; boîte longue à poudre en argent ; boîte à savon en argent russe.

41 — Douze cuillers à café en argent.

42 — Douze cuillers à café en vermeil.

43 — Encrier sur plateau en vermeil. Style Louis XVI.

44 — Douze couverts, comprenant : cuillers, fourchettes et couteaux en argent russe.

45 — Vingt-quatre couverts en vermeil, manches en porcelaine. Travail russe.

46 — Douze couverts à poisson en argent.

47 — Deux boîtes et un polissoir en argent martelé, chiffrés *Mimi*.

48 — Sac en velours, monture en métal doré ; deux montures de bagues ; un petit bracelet en or et trois montures chatons.

49 — Quatre brosses et un peigne de coiffure en écaille.

50 — Miniature ovale sur émail : Portrait de dame. Cadre en bronze.

51 — Miniature ovale : Portrait de femme. Cadre en bois.

COLLIER DE PERLES

APPARTENANT A MONSIEUR X...

Collier d'un rang de soixante et une perles fines, fermoir formé d'une perle.